For Joseph & Noah

LITTLE SKIPPER PRESS, INC.
1305-C North Main Street #241. Summerville, SC 29483, U.S.A.
www.littleskipperpress.com

06 05 04 03 02 BNG MN 0712

PUBLISHER'S CATALOGING-IN-PUBLICATION DATA

    Kilby, Lee.
      Oscar's first day / story by Lee Kilby ;
    illustrations by Jolie Getty.
      p. cm.
      In English and Spanish.
      SUMMARY: Explores a child's full range of emotions
    and activities during his first day of preschool.
      Audience: Ages 3-5.
      LCCN 2011922816
      ISBN-13: 978-0-9827496-1-6
    Previous edition cataloged as follows:

    1. Preschool children--Juvenile fiction.
    2. Education, Preschool--Juvenile fiction. 3. First day of
    school--Juvenile fiction. [1. First day of school--
    Fiction. 2. Nursery schools--Fiction. 3. Schools--
    Fiction. 4. Spanish language materials--Bilingual.]
    I. Getty, Jolie, ill. II. Title.

    PZ7.K55445Osc 2010   [E]
                  QBI10-600106

MANUFACTURED IN THE UNITED STATES OF AMERICA

CPSIA facility code: BP 322869

Oscar's First Day

Story by Lee Kilby
Illustrations by Jolie Getty

Little Skipper Press

Dear Parents,

The first day of school can be both exciting and scary for a child. It is common for young children to be anxious. *Oscar's First Day* is a true account of a little boy's first day at preschool. It includes many activities and situations that are common to the preschool environment. Reading Oscar's story and talking about the different experiences and emotions that Oscar encounters is one way you can help prepare your child for school. This will also give your child a chance to talk about his or her own feelings. We hope you enjoy Oscar's story.

Estimados padres:

Para un niño, el primer día de escuela puede ser divertido, pero también puede provocarle cierto temor. Es normal que los pequeños sientan ansiedad. "El primer día de Oscar" es la historia verdadera del primer día de escuela preescolar de un niño. El libro incluye muchas actividades y situaciones que son normales dentro del ambiente preescolar. Leer la historia de Oscar y hablar de las diferentes experiencias y emociones que Oscar debe enfrentar, es una manera en la que usted puede ayudar a preparar a su niño para la escuela. Además, esto también le dará a su hijo la oportunidad de hablar sobre sus propios sentimientos. Esperamos que disfruten de la historia de Oscar.

Today is Oscar's first day of preschool.

Hoy es el primer día de Oscar en la escuela preescolar.

He is wearing a new shirt and his best pair of shoes.

Lleva puesta una camisa nueva y su mejor par de zapatos.

He is taking his favorite blanket for rest time.

Lleva su cobija predilecta para la hora del descanso.

Oscar feels excited.

Oscar se siente entusiasmado.

At last, Oscar, Mama and brother get to school.

Por fin, Oscar, su mamá y su hermanito llegan a la escuela.

They walk down the hallway and find Oscar's room.

Caminan por el pasillo en busca del salón de Oscar.

They see Oscar's name on the door.

Ven el nombre de Oscar en la puerta.

Oscar feels afraid.

Oscar está asustado.

Then the teacher, Ms. Cook, smiles at Oscar and says "Hello."

Entonces la maestra, la señorita Cook, le sonríe a Oscar y le dice: "Hola".

She asks "Would you like to help with a puzzle?"

Ella le pregunta: "¿Quieres ayudarnos a armar un rompecabezas?".

She shows him just where to sit.

Le enseña dónde sentarse.

Oscar feels better.

Oscar se siente mejor.

While Mama talks to Ms. Cook, Oscar sits with his new friends.

Mientras su mamá habla con la señorita Cook, Oscar se sienta con sus nuevos amigos.

He can't decide what to do.

No puede decidir qué hacer.

He waves good bye to Mama and little brother.

Se despide de su mamá y de su hermanito.

Oscar feels sad.

Oscar se siente triste.

But Mr. Gilly shows Oscar his very own cubby.

Pero el señor Gilly le muestra a Oscar su propio casillero.

Oscar sees his name on the cubby.

Oscar ve su nombre en el casillero.

There is a shelf for his blanket, too.

También hay un estante para guardar su cobija.

Oscar feels special.

Oscar se siente especial.

Soon it is time for breakfast and everyone washes their hands.

Pronto llega la hora del desayuno y todos se lavan las manos.

They sing a song about a duck.

Cantan una canción acerca de un patito.

"Quack, Quack" says Ms. Cook and everyone laughs.

"Cuac, cuac", dice la señorita Cook, ¡y todos se ríen!

Oscar feels silly.

A Oscar le da risa.

After breakfast, it is circle time and Oscar sits on the blue rug.

Después del desayuno, es hora de sentarse en un círculo, y Oscar se sienta sobre el tapete azul.

Everyone sings the ABC song.
Todos cantan la canción del ABC.

Oscar sings very loud,
especially the letter "O".
*Oscar canta bien fuerte, en
especial la letra "O".*

Oscar feels smart.
Oscar se siente inteligente.

Later Oscar explores the classroom and builds
with blocks.
*Más tarde, Oscar explora el salón de clases y juega con
los bloques de construcción.*

He dresses up like a fireman.
Se disfraza de bombero.

He paints a picture for Mama and hangs it up to dry.
Pinta un dibujo para su mamá y lo cuelga a secar.

Oscar feels pleased.
Oscar se siente contento.

Then everyone goes outside to play and Oscar goes down the slide.
Luego, todos salen a jugar y Oscar se sube a la resbaladilla.

He throws a ball to his new friends.
Les tira una pelota a sus nuevos amigos.

He rides a red trike, fast as the wind.
Monta en un triciclo rojo, rápido como el viento.

Oscar feels strong.
Oscar se siente fuerte.

At lunch, everyone talks about pets.
A la hora del almuerzo, todos hablan acerca de sus mascotas.

Oscar eats his fruit and vegetables.
Oscar come sus frutas y verduras.

He doesn't say anything.
No dice nada.

Oscar feels shy.
Oscar se siente tímido.

After lunch everyone brushes their teeth and chooses a book.

Después del almuerzo, todos se cepillan los dientes y escogen un libro.

The teacher places cots on the floor.

La maestra pone unos colchones en el suelo.

Oscar gets his blanket from his cubby.
Oscar busca su cobija en su casillero.

Oscar feels tired.
Oscar se siente cansado.

Then Oscar wakes up and it
is time to go home.
*Luego, Oscar despierta y es
hora de ir a casa.*

Oscar gives Mama the
picture he painted.
*Oscar le da a su mamá el
dibujo que pintó.*

She smiles and she hugs him.
Ella sonríe y lo abraza.

Oscar feels proud.
Oscar se siente orgulloso.

Ms. Cook says "Good bye Oscar, see you tomorrow."
"Adiós, Oscar, hasta mañana", le dice la señorita Cook.

Mr. Gilly says "Adios Oscar, hasta mañana."
"Adiós Oscar, hasta mañana", le dice el señor Gilly.

Oscar smiles and waves good bye.
Oscar sonríe y les dice adiós con la mano.

Oscar feels very, very happy.
Oscar se siente muy, muy feliz.